KB195563

조바심을 수선하다

작가마을 시인선 68

조바심을 수선하다

이소정 시집

 도서출판
작가마을

조율하지 못한 시간 들을 후회하거나.
...

눈을 뜨지 못한
내 안의 어둠, 깊이 잠재된 내면의 색깔들

깊은 잠에서 잠으로 깨운다

솔깃한 호기심, 속마음을 스스럼없이 알아
차린 마음자리는
또 다른 나를 다독인다

2024년 가을

이소정

제1부

제2부

제3부

제4부

작가마을
시인선
068

—

조바심을 수선하다

이소정

제 1 부

발단

지친 날에는 지쳐있는 것도 가끔은 괜찮다
때론, 나의 어수선한 감정선이 드러나 숨기려고
먹어도 먹어도 허기만 질뿐, 마음은 텅 비어 있다

마른 풀밭에 베인 듯 아린다

소설도 아닌, 시도 아닌
거미줄에 엮인 인생 그래프가 책 한 권 써도 남겠다는
거짓말 같은 삶의 편린들,
돌림노래 말처럼 들렸을 뿐이다

안개 소리가 들리는 밤바다
창을 연다
흰 꽃잎들이 떨어진다
흰 새가 날았다
고요가 흘러간다
어둠에도 색깔이 물들어 있다
물들어 번지기 전에 잿빛 환상을 지울 수 없었다
나는 지우개가 없었다

푸른 별에 손짓하며, 풀숲에 떨어진 낙과를 줍는다

버스를 타고 지하철에서 내려 시베리아 횡단 열차를 타고 자작나무 숲으로 간다

꼬리표도 없는 가방을 메고 바다로 갈까 아니지 기차를 타고
낯선 별나라로 가야 할까

온도가 같은 사람과 쓰잘데기없는 이야기도 즐겨야지 식감도
좋고 꼬투리까지 맛있는 빵도 먹어야지

매번 텅 비어 꼬리가 잡히지 않는 마음

다시 적막이 흐른다 정리 되지 않는 나날들 주변이 심란하다

남쪽 지방의 꽃 소식, 중부지방의 폭설로 하얗게 피어난 목화밭,
꽃망울이 터질 듯 웅크린 소식들, 절망하며 익숙한 환상으로
시베리아 횡단 열차를 타고 자작나무 숲으로 간다

쓸쓸함이 겨드랑이를 타고 내렸던 무게, 한 빛만큼 커진다

빈자리에 꽁꽁 언 발로 내가 엉거주춤 저기에 서 있다

구멍 숭숭한 어두운 동굴 안 박쥐가 되기도 한다

발길은 버스를 타고 지하철을 환승하는 사이, 추억 속에 무엇이
끝이든 홍매화 멍울진 매화타령 번지듯,

개와 늑대의 시간

바다는 책갈피를 쉬엄쉬엄 넘겼다

뒤죽박죽으로 끓어오른 물을 찻잔에 따른다
가까이 있는 또 다른 틈 사이로 감정선이 흐른다

찻잔에 엉겅퀴가 피었다

가시덩굴 같은 내 안의 소리를 비집고 뭉그러진다

밟지 않아도 물살 무늬가 흩어지는 파도
갈파래 칭칭 휘감은 겨울 바다 해거름
넓은 창에 엉클어진 어스름을 푼다

개와 늑대의 시간이다

어제와 오늘이 비뚤어져 흔들리고 있다

　요 며칠 자주 길을 잃었다 불협화음 같은 헛바늘이 돋았
다.
　비뚤어지는 건 항상 내 마음이 먼저였다

사과밭 언저리 예고편을 바라본다

저물도록 선입견과 편견이 파들거리며 뛰었다
응어리로 엮은 물방울 떨어지는 흔적을 본다

푸른 혓바닥

몸통도 없이 사방연속으로 회색빛 안개가 흩어진다
푸른 몸짓으로 출렁이던 시어들은 어디로 흩어졌을까

시퍼런 꽃대로 적는 한 줄의 문장 언저리에
후즐근한 비 오락가락하더니 기어이
푸른 혓바닥으로 독설을 뱉어낸다

길이 보이지 않는 오솔길이 하얗다

축축한 기분인데 풀 이파리까지 질척거린다

시의 말들이 내 머릿속을 휘젓는다

잿빛 감정을 죽이며
보일 듯 말 듯 적막한 빛으로 둥둥 북을 치던 유령들
불분명한 색깔로 사라지고 지워지는 비안개였다

우레같은 천둥소리에 깨어나는 숲의 정령들
아릿하게 코끝이 붉어지며 깨어나는 문장들

수묵화로 퍼져가는 숲은 고요를 서늘하게 한다

숲을 만나면

활엽수 날개 아래로 초록이 자랐다
나뭇가지 사이로 새들이 깃털을 펴더니 활공한다
하늘을 두고 흩어지는 구름도 양 떼들이 된다

고요한 환희에 가슴이 벅차올라 숲의 여백에
귀 기울이다 노래하는 새가 되고 싶다고
나뭇잎들이 춤을 춘다

풀숲 향기 내 마음도 설레게 하는 빛깔들
비를 만나면 바람처럼, 비를 만나면 빗방울처럼
숲을 만나면 나도 숲이다

나무들은 서로 혼자인 듯 서 있다

태양은 서산으로 조금씩 붉은 열기를 내려놓는 노을빛,
언덕을 산봉우리를 뛰어넘고 산등성이 아래에서
오래된 와인을 나눠 마시고 파문처럼 번져오는 노을

무한의 빛 우주가 되는 나무들 숲을 본다

징검다리 건너

들꽃 향기가 나는 것 같았다

바람을 번갈아 흔들리는 구절초 오후의 햇살 아래 고고하다

생각했던 그 모습 그대론데 들뜨는 순간이었다

띄엄띄엄 징검다리를 건너가 안부를 물어볼까

가까이 가는 내 발소리도 듣지 못하는 너

너에게 닿지 않는 못다 한 말들 닳고 닳아 건너지 못했다

뭉툭한 감정 푸념하듯 하찮은 것도 맑게 웃던 너

낭만은 살아있고 징검다리를 건널 수 없는 그림자는 죽었다

새털구름 무덤덤 흘러가는 하늘가 바람개비가 잠겼다

자랑스럽게 피워내는 들꽃 무리 속 그가 벙글벙글 웃고
있다

변압기

칼바람에 내가 혼절하든 바람이 혼절하든
비자나무 잎에서 머리카락이 떨어진다

탕아처럼 바람을 뚫고 달리는 야생마
밤은 깊은데 잠들 수 없는 내가 무섭다

바람이 부는 반경만큼 내 몸짓도 튀밥처럼 튀어 올랐다

검은 입안을 새떼가 쪼아댄다 검은 새들이 떨어뜨리고
간 검은 말들, 검은 봉지에 질끈 묶어버린다
어정쩡한 음모가 탈탈 털리는 억새밭에 변압기가 터지듯
불꽃이 튄다 골짜기마다 먹구름이 흘러나왔다
천둥 번개가 치솟다 기울어진다

어긋난 몇 조각 퍼즐들 긴 골목을 지나온 응어리

까맣게 타버린 한 줄의 검은 문장이 걸려 있다

세모네모 간혹 마름모

구름 사이로 비쳐 보이는 햇살, 가만히 있었으면 좋으련만

유리병에 담긴 빨간 장미를 가슴에 달고 빨간 구두를 신으라고 하네

가로막힌 벽을 등질 때 달콤한 알사탕 목걸이를 목에 달아 주네

부글부글 끓어 넘치는 양은냄비 속 같은 마음 아는지 모르는지
모른 척하는 건지,

생각이 깊어질수록 블랙홀에 빠져드네

초점도 닿지 않는 빛, 볼 수 없는 경계,

욕심으로 얼룩진 자리는 올려 다 볼 일, 애초에 없었다네

몸에 맞지 않는 드레스를 입고 굽 높은 하이힐을 신고 뒤뚱뒤뚱
쫓아가는 코끼리 모습,

〉

세모네모 바코드가 입력되지 않는데 밀물에 썰물이 밀려 가네

균형 잃은 목소리 퉁퉁 튀어 오르네

혈압이 상승하였던 마름모꼴 오후는,

생각을 담고, 마음을 닮은, 지평선 노을을 딛고 서 있고

비뚤 빼둘 그은 선 하나 불랙 홀에 빠져드네

오동나무에 걸린 가오리연

세월, 여백을 둔 고요
파랑새를 쫓아 꿈을 이루는 이는
얼마나 행복에 젖어 있을까

흐르는 달빛
달빛의 마음은 누가 알기나 할까

세월 따라 촘촘히 돋아나온 연륜은
수평으로 함께 살면서
깨우침은 얼레질이 부족한가 물음표만 남긴다
생의 한가운데 나부끼다가
오동나무에 걸린 가오리연이 된다

흘러간 시간의 궤적에 남은
걸림돌에
안타까운 희망과 절망의 범벅들
가슴에 자란 것들이
나뭇가지에 걸려 오지도 가지도 못하고
바람에 찢겨 흔들린다

가장 평범한 것이 진리인 듯

함부로 버린 시간이 아쉬워 한숨으로 돌아눕는
오동잎은 피었다 지고 있다

가로등 시간

저녁 밥숟가락도 걸어둔 채
낮 같은 얼굴을 하고 감정 없는
얼굴빛 드러내고 있다

밤을 밝히는 지리멸렬한 시간을 내려다보는
저 가로등
환한 얼굴 아래 어둠이 낮 같다
외진 곳, 곳곳에 한낮같이 밤을 밝혀
어둠을 더듬는 일이 없다

섬광으로 하늘과 땅 사이에
여백을 두고 경계를 늦추지 않는 일이다

가을비가 직선을 그으며 천천히 내리는 밤
가로등 불빛 아래 연인들의 이별도
가을비가 불러온 뜻밖의 서사가 되기도 한다

삶에 찌들어 울분을 외치며 가로등을 쿵쿵 치는
사람에게는 그의 그림자로 등을 다독여 주는 일이다

헐렁한 자정 너머 빛을 따라 바삐 걸어가는 사람들

〉

희뿌옇게 비린 새벽 동이 틀 무렵 한 치 오차도 없이
어둠 한 짐을 꾸려 손님처럼 떠난다

곡선

희미하게 지워진 그림을 걸어둔
벽과 벽 사이에서
마른 가지가 부서지는 오후였다

오랫동안 물었고 중얼거렸다

굴참나무 아래서 기억들이 바스락거렸지만
나는 뒤통수를 툭 친 생각을 죽이고 있었다

흔들리며 흐려지는 뜻밖인 날을 받아 적었다

나는 지금 어둑한 시간을 걷는 중이다

물방울처럼
가물거리던 시간들이 모퉁이에서 소실점을 찍으며 굴러
왔다

사과의 내면, 낯선 표정
가끔 어둠 속에 갇히고 망각하고 싶을 때가 있다

비밀

바람에 유실되는 일기

낙타 등에 업힌 일몰이 쏟아지고
방황의 끝은 시작되었다

떠가는 바람에 안겨

소음 한 귀퉁이에 그려본다

물 젖는 소리

길들어지는 것에도 낡아가는 것에도 내 게으름마저도
지리멸렬한 오후

장맛비가 잠시 멈추고 후덥지근하다

등나무 아래 나무의자에 잠시 더위를 피한다

검거나 흰, 쐐기벌레가 가시털을 흔들고 지나갔는가 보다
피부가 이곳저곳 가려워 긁는다 가려움은 통증이 되었다

온몸을 긁다 보니 귀까지 가렵다

빨갛게 붓고 염증이 생겨 이비인후과에서 처방전을 받았
다

항생제 알약을 먹고 두 귀를 감싼다

맴맴 물 젖는 매미 울음소리들 구름다리에서 떨어졌을까?

이명을 듣는 귀가 괴롭다 구름다리에서 뭐가 떨어졌을까?

뾰족한 통증 후끈 달아올라 며칠 몸살 앓을 것 같은 귀

꽃 터지는 소리에 귓속 비밀이 붉게 붉게 찢어질 것 같다

예송리 바닷가

예송리 바다, 갯돌이 백사장처럼 깔려 있다 둥글넙적하게 자리한 적자봉, 작은마을을 팔 벌려 품에 안은 듯 푸근하다

갯내음이 짙어져 코끝에 스미는데 공중에서 흔들리는 바람결에 춤을 추었는데 파도 소리에 흥겨워 노래 불렀는데, 두둥실 어깨춤에 갯돌 두들기며 장단 맞추었는데, 찬란한 바람의 날갯짓에 우아하게 흥을 감추었는데, 햇빛 자투리를 거두는 노을이 내린다

옛사람을 찾아온 사람처럼, 사연을 따라온 사람처럼 잘그락 달그락 갯돌 밟으며 걷다 보니 갯돌 사이로 뜬금없이 흰 배추꽃이 피어있다
배추꽃도 하얀 사연으로 목말라 피었을까

자그락자그락 밟으며 걷는다 큰 갯돌을 지나니 아주 작은 갯돌들이 후미에 운집하여 재잘재잘 떠들어 너무 앙정스럽다
'아가야 너는 어디서 왔니' 물장구 놀이가 재미있는지 아가 갯돌들 아랑곳 없다 '아가야 나는 배를 타고 뭍에서 왔단다'

행여, 오늘 풍경들 물이끼 슬지 않는다면 찰랑거리는 봄
날에 다시 만나면 아가야 어디서 왔는지 말해주려무나

작가마을
시 인 선
068

조바심을 수선하다

이소정

제
2
부

공터

목마르고 가보지 못한 길, 행간 속에 아직 붉어서
푸르러지는 향기가 있다

무궁화 꽃이 피었습니다 술래가 숨은 아이들 찾는
저녁 무렵 여기저기서
밥 먹으라는 엄마의 목소리가 들려오면
술래도 아이들도 사라지던 공터
고무줄놀이에 신명 났던 환한 웃음이 멈춘 여기
또래들은 모두 어디 숨었을까 어떻게 살까

혼자만의 시간, 나는 바람이 되어본다

저편 길 끝에서 마삭줄꽃 하얀 웃음소리만 들려온다

침묵, 생각나는 몇 개의 단어 무덤덤한 여운이었다

나무의자 위로 휑한 바람만 지나갔다
오래된 느티나무, 오후의 그림자가 길어진다
달콤한 소문, 개미들 바삐 줄지어 갔다

흔적들,
어느 날 사라지듯 무언가는 끝나고 시작이 되었다

함박꽃 여름

수줍은 함박꽃 뜨락 풍경을 잊어버린 듯

장독대 옆 봉숭아 꽃 순수한 마음 깨끗한
눈물 한 방울 엿보일 듯,

마당귀퉁이 물소리가 자라고 있었다

내 살 속에 갇혀 있던 기억의 통증이 햇빛 속에
감추어졌고 내팽개친 시간은 덧없이 흘렀다

마당 구석에 놓인 절구통 익숙하고도 낯설었다

감나무 아래 평상에서 점심으로 찬물에 밥 말아 된장에
풋고추 찍어 먹었던 할머니 생각이 난다

꽃망울 방긋방긋 웃고 푸른 잎들은 푸르러지는 뜰에
흩어지다 모이는 빛깔이 아롱져 두 눈에 차올랐다

흰나비 한 마리
내 어깨 위로 팔랑거린다

은행, 소고

예전에 몰랐던 노랗고 환한 길들이 구린 냄새로 따라왔다

이 발길 저 발길에 차이고 짓밟혀진 은행 열매
뭉개져 무참히 운동화 바닥에 묻혀온 은행의 잔재가
쓸쓸한 속마음 구리게한다

오랜 계절들을 같이 보냈던 추억들
푸념처럼 머뭇거렸고,
깊고 좁은 한계가 경계였다

시간의 흐름, 넉넉한 맘에 와닿는 쓸쓸함

헛헛한 조바심을 수선만 하다가

함께 밥을 먹고 싶다는 며칠을 텔레파시로 보낸다

낙타도 없이 엘리베이터를 탄다

푸른 바다와 하얗게 쏟아지는 일상을 풀어 잔을 채우겠다
별이 흐르는 모래사막에 원탁을 놓고 싶다

잔은 이미 별빛에 물들었다
와인은 사막에서도 달다

지지 않는 꽃, 잎들을 피우는 낯선 시간이 흐른다
귀걸이는 길어서 땅에 닿겠다

모래 꽃을 스카이라운지에 피웠다
모래사막을 헤엄치는 물고기를 바라본다

함수를 구하는 공식을 생각할 동안
총총한 별빛에 눈꺼풀이 내려앉는다

쓸쓸함은 늘 먼저 와 있었고
작은 모래 섬들이 신기루처럼 떠다닌다

은하가 흐르는 사막 갈증으로 목이 갈라지듯 타는 날들
도심 속 빌딩 안으로 별을 끌고 간다

서면 문화로 가로길

뭉클뭉클 떨어진 자리는 연두다

봄비 촉촉이 젖는 거리, 봄의 행간 속에 투명한 영혼을
본다

가로길 은행나무에 꽃이 피고 잎이 나고 꽃이 떨어지고
어리둥절 떨어진 꽃들, 보드블록에 몀징한 봄을 알린다
유년의 동산에 머무는 듯 화창한 빛 부심이다
걱정 없이 밥 먹고 뛰어놀면 되었고 걱정이라고는 없었던
기억의 꽃자리를 보는 듯하다

연두로 물들인 서면 문화로 가로 길
봄비에 떨어진 꽃 더미들,
물기를 머금고 파들파들
비 내리는 문화로 초원의 빛처럼 연두로 한껏 펼쳐진다

촉촉하게 젖는 비속에도 환하게 빛나는 은행나무

꽃잎 무리, 화하게 소리 나는 낡은 추억이 있다

새벽 물안개에 갇히는 날이 있다

새벽에 깨어나면 내 고요가 물안개에 갇히는 날이 있다
멍하니, 또 한 계절이 죽어가고 있다

내 안에 고요함이 먼지처럼 머물다 가라앉아있다

소설의 발단은 우울하게 비가 내리는 것으로 시작된다
그리고 안개와 안개를 배경으로 이름도 없는 얼굴을 그려
넣었다

불안은 자꾸만 거꾸로 자라 꼬리에서 꼬리를 물고
헛된 생각들은 내가 만든 감옥에 스스로 갇혀버린다
출처를 생각해도 알 수 없는, 밀어내는 말

이름도 얼굴도 없는 나의 유령
마음의 구릉에서 얼마나 많은 허상의 꽃을 피웠나?

소설의 결말은
내 안에 울리는 종소리에 나의 유령과 어리둥절하게 작별
한다

걸림이 없는 생, 걸림 없이 살아야겠다

〉

앞만 보고 달려온 영혼이 저만치 분별없이 설레인다

종이 달

낮달은 아직도 졸음이 길어 집니다

아직 멈추지 않는 음악
빈 바람에 여정을 가늠해봅니다

눈길로 닿지 않는 떨림 속으로
떨어지는 물방울

열정 그리고 허기진 낮달

서로 동떨어진 길을 내딛다가
다시 동떨어진 갈림길에서

구름 밭 하늘에게도 들키지 않는
낮달이 되어 봅니다

느슨한 침묵이 커피포트에 끓고 있습니다

편지라도 써볼까

쌉싸름하게 비린 통영, 기억의 바다 빛 간이 역이다

바다가 보이는 우체국 창 너머로 보이는 작은 수예점
그녀가 단아하게 수를 놓는 모습 떠올려본다

우체국 계단에서 청마의 모습을 그려본다
그림자만 보이는 행간 속 두 사람은 뜨겁고 순수하다

편지라도 써볼까

그의 심장이 뛴다 가슴을 쓸어내린다

애써 하늘을 물끄러미 바라보는 심정을 숨기듯
연연하게 편지를 꾹꾹 눌러 쓰는 모습을 떠올려본다

달콤한 문장 바람에 먼저 실어 보내고
애틋하게 타는 맘 봉하여 우체통에 넣는다

계단에서 멈춰 서있듯 쓸쓸한 낮달이 떠 있다

미포 해변열차

오케스트라 공연이 끝나고
늘어선 폐목들은 기립 박수로 응답한다
미포 해변열차 영사막이 흔들린다
굴러온 돌은 구르는 대로 굴러갔고
박힌 돌은 박힌 그대로 박혔다

동해남부선 폐목들
피를 흘렸던 흔적들
마지막 단추를 단단히 채우고
바다가 들려주는 이야기 속에
너도바람꽃이 피어나기를 바랬다

느릿한 시간을 뛰어넘는 바람의 음표
적막함에도 흐트러지지 않는 자세
머뭇거림 없는 마음들,
산 그림자에 가려진 옛 동해남부선 모퉁이를
낭만적인 해변열차는
느린 걸음으로 돌아나온다

물안개

물안개를 피우는 강은 침묵이다

둘레길 박석을 밟고 걷는다
바삭바삭 기분 좋은 소리가
심쿵 하게도 가슴이 콩당 뛰었다

낙동강은 도도하게 흘렀다

바람개비는 강가 둔덕에서 갈피없이 돌았다

새벽은 고요함과 쓸쓸함이 평화롭다

깊은 곳으로부터 뒤척이며 스며들듯
흐르는 것에 익숙한 강물은 삼각주를 품었다

내 등짝을 훑는 바람 소리에
휘감겨 드는 마음을 읽고도
새벽은, 강가에 물안개만 피운다

산자락 달빛

보름밤 깊어 홀연히 떠 있는 둥근달

산방 툇마루,
정적이 흐르는 산중 저 달빛에
마음 홀려, 비구니 스님 잠도 잊은 채
산자락 달빛에 잠긴다

구불구불 산길 훤히 내려 보이고
깊은 골짜기로 온통 희고 노랗게 퍼져나가는
달빛, 저 산 아랫마을까지 흘러갔다

나는 누구인가
방하착放下着을 화두로
환한 달빛, 깨달음을 주는 몸짓이다

산중 깊은 밤의 여운이 묽어지도록
달빛 향기 벙글어
관세음보살, 관세음보살

모든 것이 내 중심이었다

 당간지주만이 자리한 옛터는 덩그라니 잡풀들만 무성하다 늦가을 한낮에 절집은 소란한 바람들을 맞이하고 있다 곡성 관음사 원통전에 삼배하고 나오니 불두는 보셨나요 라는 도반의 질문에 후다닥 신던 신발을 내동댕이치고 법당으로 들어가는 불심은 얕고 욕심만 많은 어리석은 중생의 눈에, 머리는 파손되었고 얼굴만 있는 불두 얼굴은 잔잔한 미소를 지었고 두 눈은 반쯤 내려 감고 내 마음을 뚫어보는 듯 하였다 마음을 비우고 또 비워 내야 하는데 비운만큼 다시 채우려는 욕심, 관세음보살... 원통전 앞 작은 연못에 물고기를 한쪽 겨드랑이에 낀 채 손으로 안고 있는 어람 관세음보살, 어진 미소가 내 입꼬리에 얹힌다 꼬리를 어람보살 등 뒤로 드리우고 물고기는 세상을 본다 작은 연못 수면에 떠있는 나의 주름들 바람에 털썩 주저앉거나 시간이 자꾸 늙어가고 있는 순간들이 찰라로 지나가는 내 모습이 연못에 어리는 오후, 사라져 간 것, 살아가는 순간 들이 내 중심이었다는 것을 깨닳았지만 나는 오후가 출출하다.

서해에 젖어 들다

눈썹바위 가는 길은 느긋하게 올라야한다
첫 숨을 고른다
첫 계단을 잘 밟아야 소원이 이루어진다는
전등사 마애불 419계단
생각 없이 한 계단 두 계단을 밟는다

희망이 다시 보이다 굽어드는
굴곡진 길은
가파른 숨소리다

나무마다 소원 등이 열매처럼 달렸다
제각각의 염원이 꽃 피어나기를 눈길로 읽어 본다
가파른 세상을 읽어본다

눈썹 바위 절벽 깍아지른 마애불에
한 겁劫의 업을 씻어 내리는 합장하는데
후들거리는 다리 벌써 까마득한 소리를 한다

붓끝을 세워

선비의 헛기침, 책 읽는 소리가 들리는 듯
서포만필에 나오는 구절을 따라 읽는다

숲길 호젓한 헛묘 가는 돌계단 오르다
뒤돌아본 바다가 품어주는 풍광에 취한다

은둔의 뒤척임으로 날이 쉽게 밝지 않았다
한숨을 길손처럼 깨우든 나날들

그리움을 갈고 갈아 붓끝 세우니

초옥 빗장을 흔드는 어머니의 목소리
바람결로 내 귓가에 스친다

가슴에 갇혔던 절절한 사모곡, 붉은 넋 매듭 풀어
도포 자락 휘날리는 바닷길, 꽃 피었다

분홍집, 오월

하얗게 통통 부풀은 파꽃, 부풀기 전에 늙은 파김치는 지금은 먹을 수도 상상도 할 수 없다 시큼한 파김치, 머위 쌈, 된장 한술에 어머니와 대충 점심을 때우는 나절이라도 풍요롭기 그지없었다 이제 그런 시절은 다시 오지 않는다는 것을 알지만 그 시절 또한 그립다 나도 늙어가고 있다는 것이다

어머님은 파릇파릇 넣은 파, 소 불고기를 좋아하셨다 좋은 날에는 양파에 파를 넣고 지글지글 불고기 전골을 하였다 그해는 여름이 시작하기 전 장마가 너무 빠르게 왔다 몇 날을 두고 장맛비가 내렸다 텃밭 불통 파도 하얗게 부풀다 힘겹게 고개를 꺾었다 이생의 연을 끊는 것이 그렇게 힘들었던 어머니, 억수 같은 빗물처럼 눈물 흘리고 흘리며 오월의 장대 빗속에 떠나 가셨다 텃밭은 무엇이 자랐는지 기억이 없다

아치형 대문 담을 타고 줄기를 엮어가는 줄 장미도 후즐근 하였다 그 투명한 빨강색이 빨간색이 되는 오월이었다 옷가지가 저승길을 알리는 듯 무화과나무에 걸렸다 이웃 어머니들이 붉은 팥죽을 한솥 끓였다 아마 떠나시는 길에 편안함과 잡스런 것들을 물리치기 위함인지 싶었다

해마다 오월의 장미는 말갛게 피었다

수국 향연

수국 계절이 되면 햇살이 뜨거운 초여름을 즐겁게 달려간다 올해도 송림공원을 피크닉 가듯 수국 빛깔 같은 그녀와 수국 꽃밭에 간다 예년과 달리 꽃들이 선명하지 않다 농부들이 올해는 가물었다고 하더니 꽃은 시들하고 그녀의 노랗고 파란 치마에 초록색 윗도리, 연둣빛 모자에 보조개 들어간 상큼한 웃음을 띤 그녀가 만개한 수국꽃이다

꽃송이 그녀와 돗자리를 펴고 치맥을 한다 초여름 바닷가, 잔디밭에 솔바람이 감미롭다 때마침 5인조 보컬 밴드가 버스킹을 하고 있어 한눈에 직관하는 자리를 잡아 흥에 겨웠다 팝송이며 발라드는 70~80세대 감성을 불러일으킨다 학창시절로 되돌아 간 듯, '다이아나'를 불렀다가 '목화밭'을 갔다가 '해운대 연가' 까지 드디어 신바람 난 우리는 일어나 손뼉 치고 몸까지 흔들어 시선을 받았다 살랑살랑 몸을 흔들던 그녀는 예뻤다

동행했던 수국의 향연은 여러모로 즐거움이었다 여름이 더 익어 가는 날 가까운 사람들과 소박하게 낭송도 하며 치팅데이를 하자고 자리를 접는다 그날 늦은 밤, 천둥과 번개가 잠시 무섭게 쳤다 가물어 꽃이 신통찮다고 투덜댔더니 그래서 그런지 예고도 없는 번개와 천둥을 동반한 비가 오다 그쳤다 시시각각 컬러플한 초여름을 알리는 중이다

밤의 요정

달빛처럼 노란 달의 여신도 아닌, 첫눈에 그대 여신으로
태어나던 날

바람은 언덕에서 멈추었다

낮 지나고 밤 또한 지나고 헤아릴 수 없는 기다림의 끝
노랗게 익어 영그는 달빛 가득한 저녁

노란 달맞이꽃으로 눈부시다

제
3
부

여뀌꽃 가을

가을, 여뀌꽃, 흑백사진

청솔 빛, 하늘, 구름, 둥둥 떠내려가고

기차, 속이 텅 빈 소리로 지나간다

오솔길 꽃망울들 보기 좋게 부풀어 가고
어눌한 바람 소리 들려온다

바람의 향기 속에 또 다른 바람의 향기

어떤 빛깔의 꽃인지 잊어도

해맑은 웃음 몽글몽글 넘쳐 온 벌판이 간지러운
붉은 여뀌 꽃 내 귀에 매단다

풍경 속, 한낮은 가슬가슬 가을을 말리고

여뀌꽃 엉기는 풍경 쪽으로 가을이 떨어지고 있다

시를 찾는 빌런

안개가 급습하며 밀려드는 회색 숲
몸통도 없는 물체, 사방연속으로 처연하게 흩날렸다
후즐건한 비 오락가락하더니 기어이
푸른 독설로 시인의 정체성을 긁는다

길의 모습도 경계를 파괴한 숲은 하얗다

미묘한 감정 축축한 느낌 길 위를 남실거린다

생각의 갈래 사이에서 시어들 소란 중이다

잿빛이 더 짙은 잿빛으로 감정을 죽이며
시퍼런 꽃대로 둥둥 북을 치던 유령들
불분명한 빛깔로 사라지고 지워지는 안개였다

봄의 우레가 환한 꽃술로 빚어져
아릿하게 코끝이 붉어지며 깨어나는 문장들,

숲은 수묵으로 고요를 서늘하게 한다

바람 우편함

두근거리는 달빛 아래 바람이 문고리를 흔든다

바람의 목소리가 들렸다 구름 속으로 난 꿈길에서도 자꾸 도망갔던 기억, 무슨 암호였을까? 꽃이 진다 저 바다 요트 꽁무니에 피어오르는 안개꽃

시든 꽃 묶음, 가슴에 담긴 아픔도 모르는 듯 말랐다

불투명한 찰나마다 떠돈 그림자 약속도 없는 어느 기약 속에 숨었을까

바람으로부터 잃어버린 시간의 끈을 풀어본다

알 수 없는 속내 툴툴 털며 가만 묻어둔 우편함을 비밀처럼 열어본다

바람으로부터 끝나는 꼬리표를 짧게 긋고 바람이 엉켰다

어디에도 없는데

낯설지 않은 풀벌레 소리 가슴을 적신다

엄마의 기명색

절집 마당 꽃밭에 목단이 피었습니다

초파일 등을 달고 나오니 부슬부슬 내리던 비가
억수같이 퍼붓는 여름비가 되었습니다
공양간에서 한적한 오후, 마음도 몸도 쉬어갈까 싶어
문 열어놓고 댓돌에 흩날리는 비 가까이서 봅니다

오월 아침 햇살이 눈 부신 꽃밭에서
엄마는 기명색이 참 좋다고 한 말이 생각 납니다

꽃 아래로 흐르는 한 기억이 비에 젖는 모습을 봅니다
오래전 그림 같은 옛집 마당이 생각납니다

쪽진머리에 온화한 말씨 찬물처럼 맑고 수줍음 많았던
엄마의 모습이 아련하게 핀 목단 꽃 같습니다

엄마하고 마음 깊숙한 아련함으로 불러봅니다
꽃밭에 활짝 핀 미소로 서 있습니다
비에 젖지도 않고 빗속에 홀연히 서 있습니다
창백한 낯빛으로 울 일도 아니어서 사레든 기침만 합니다

비속에 붉어져 안개 속에 잠시 쉬었던 봄빛 익은
목단꽃을 보며 엄마의 기명색을 알았습니다

짙고 맑은 자주색 목단꽃 색깔이 기명색이었습니다

집시의 왈츠를 들으며

유혹은 이별을 예감하지만 달콤한 온도에 흔들리고 흔들
렸다
집시의 바이올린 감미로움이 여자의 마음을 휘어잡는다

집시 4중주단 연주 유혹이 시작된다

베일에 가린 뭇 여인들 마음을 녹이고 유혹하며
로맨틱한 염문을 즐기는 듯 춤추고 있다

바이올린 음색 어느 숲속을 휘돌아 온 듯 몸에 착 감긴다

작은 물고기 같은 여자를 바다로 보내고 싶은 남자
냉장고 속에 넣어둔 선물로 받은 꽃 한 송이에 감동한 여자

떼어낸 액자 흔적처럼 다시 아름다운 이별을 예감한다

바그너의 서곡에 심취하여 비 오는 저녁 너머로
매혹의 선율로 떠나가는 기차를 생각해본다

떠나는 기차와 같이 뛰어가며 손을 내미는 여자
벅찬 감동으로 승강구에서 여자를 애써 끌어 올리는 남자

〉

저 멀리 사라져가는 기차의 뒤 그림자를 끝없이 본다
나는 하오의 연정에 젖어 들었다

별 이야기 아닌 별 이야기

붉은 노을이 깔리는 낙동강이다
붉스레한 분홍빛이 퍼지는 모습을 산사에서 본다
음력 초이틀, 눈썹 같은 하얀 초승달도 하늘에 걸려 있다
노을과 초승달의 조화
문득 본 초승달은 앉아서 보며 좋다는 엄마의 말이다

어린 손자 잠재우려고 업고 마당을 왔다 갔다 하며
반짝반짝하고 작은 별을 자장가로 불러주면
포대기 속에서도 동쪽에서도 서쪽에서도
반짝반짝하며 손자가 노래한다
도무지 잠들 기색 없는 손자와 잠재우고픈 할머니
북두칠성을 이야기한다
잠들지 않는 손자 할머니 등에서 말똥한 눈으로 찾아보는
별이다

별 보러 가자
월정사 전나무 숲으로 가자
숲에서 별을 보자
밤하늘은 도회에서 볼 수 없는 별천지 잔별을 쏟아부었다
별이 죽으면 별똥별이 되는 걸까

별 이야기 아닌 별 이야기로 잠 못 이룬 밤,

미루나무

너를 잊었다가
숲에서 바람의 냄새를 맡았을 때
얼굴에 어리는 빛

조각난 시간들이 내 이름을 불렀다

숲으로 간 너는 나무 냄새가 났고
한 마리 새가 나뭇가지에서 울다 바람 소리처럼 지나가고
몰려드는 구름들 눈물로 차올랐다

묵은 고통 털어내는 밤을 새우고

바람 부는 날 바람 끝으로 서 있는 미루나무였다

길어지고 가까워지며 시작되는 골목길

전부를 바라볼 수도 바라보지도 못하는 간절함
발자국에 새겨 두었던 검푸른 아픔을 지웠다

바람이 흥얼거리는 휘파람소리 나무에 걸려 있다

통영 벅수

통영 삼도군 통제영 문화동 벅수를 본다

송곳니가 보기보다 뾰족하고 길다
눈, 입가에 미소를 실실 흘린다
시절 벅수가 험상스럽지 않고 초라해 보여
위엄을 보이기 위해 얼굴을 빨갛게 칠하였다

높이 201미터 둘레 155미터에
몸통보다 머리통이 더 큰 익살꾸러기 같은 모습
특이하고 독특한 조형미가 더하여
1968년 중요 민속문화재 7호로 지정되었다

오랜 세월을 씻겨 내린 희미한 붉은 채색
얼굴과 탕건 희붉게 남아 있다

이마에 진 주름살 익살스러움을 더하고
작고 튀어나올 것 같은 눈 부릅뜨고
서문고개 지켜보는 벅수

나무로 깎아 만들어 세운 여느 장승과 달리
돌로 깎아 세워져 있다

마을의 안녕과 잡귀를 물리치는 장승

통영 벅수 토지대장군 독불로 독야청청하다

길의 끝은 어디일까

스님이 절간을 떠나면 출가가 되고,
일반 사람들이 집을 떠나면 가출이 된다는 사실을
떠나는 사이 알았다
출가이든 가출이든 중늙은이들 일탈을 한다
떠난다는 것에 목소리가 커지고 웃음도 마음대로다

먼 산에 하얗게 덥혀 있는 눈, 밭이랑 잔설들 마음을 환하
게 한다
가는 내내 쌓인 눈들이 마음을 환하게 한다
푹푹 쌓인 설경이 보고 싶어 일탈을 감행했는지 모르겠다

온천이 보이면 홀라당 무거운 짐 벗어 버리듯 노천탕을
즐기고
바다가 보이면 카페 창가에서 브런치에 차를 마시며 수다
를 떨고
끼니 때가 되면 맛나게 먹는 재미가 솔솔한 일탈이다

이 길의 끝은 어디일까? 그래 우리 끝까지 달려가는 거야

자작나무 숲, 이곳이 겨울 나라일까?

자작나무 숲 가는 길, 눈밭으로 길이 끝이 없다
하얀 나무들의 숲, 하늘을 본다 하늘은 파랗고 하얗다
고요가 솟아오른 자작나무들, 무한히 흔들린 마음이 부드
럽게 서 있다

무슨 요일인지 몇 시 인지 아랑곳없다

나의 어떤 본질들이 아팠던 무게를 떨치고 하얗게 녹고
있었다

속삭이는 자작나무 숲 입구에서 휑한 바람이 시베리아에
간 적이 있냐고 묻는다
나는 오래된 텃새라고 답하였다

쉼터, 뒷베란다

베란다에서 사계를 느끼는 맛이 풍성하다

산봉우리 능선에 그늘이 내리면 능선을 베고 눕기도 한다
연록의 수채화로 그린 봄, 짙푸름에 무더위가 지나면
변화무쌍한 가을 산, 알록달록한 붓질이 퇴색되면
담담한 겨울 산 능선은 한 편의 수묵화를 보는 느낌이다

베란다 아래서 보는 방음벽 담장 숲을 나는 좋아한다
얼기설기 키 큰 나무들, 작은나무들이 서로 맞대고 있다
바람이 불면 찰랑찰랑 흔들리는 나무의 머릿결들을 느낀
다

앙상한 가지에 바람이 을씨년스럽고, 마음이 허허로운 날
비발디의 가을과 겨울을 턱을 괴고 듣는다
뜨문뜨문 생각나는 사람을 생각하며 짙은 커피 향에 젖기
도 한다

베란다에서 음악을 듣고 멍때리기를 좋아한다
비가 오거나 바람이 불거나 깊은 밤, 캄캄한 산봉우리와
조용히 움직이는 모든 사물을 멍하게 바라보는 시간을 나
는 즐긴다

〉

서산에 지는 노을을 바라보는 쓸쓸함도 때론 붉었다가,
재가 되기도 한다

사십구재를 보며

영가를 달래는 스님의 구음 소리가 피어 오른다
슬픔이 절절하여 오락가락하는 빗소리까지
더해져 애절한 가족들 가슴 미어지는 아픔이다

산사에 들렀다가 인연인지 사십구재를 본다
다음 세상의 좋은 연을 받는, 이승의 매듭을 잘 풀어
극락왕생을 바라는 의식이 시작된다

아으아.. 스님 구음소리 가슴을 울리고 빗소리까지 울린다

고비사막 아름다운 인연을 생각한다

새끼를 낳다가 어미 낙타가 죽어 젖을 못 먹게 된 새끼
다른 어미젖을 찾는 새끼를 거부하며 발로 차버린다
이때를 놓치지 않고 바람 소리, 말발굽 소리 젖을 찾는
새끼 울음소리 같은 심금을 울리는 마두금 연주를 들려준
다
신기하게 낙타의 큰 눈에서 눈물이 뚝뚝 흘러내린다
젖 물리기를 거부했던 다른 어미가 남의 새끼에게
젖을 물리는 아름다운 인연, 마두금이 심금을 울린다

마두금 연주처럼 스님은 구음으로 영가를 달래어 준다

바라춤, 염불 소리에 이승의 미련 속절없이 내려놓고
내세에 복을 받아 영가는 왕생극락 반야 용선에 오른다

물만골 도사

개울 따라 낮은 집들이 묘한 분위기가 풍겨온다 이끌리듯 작은 개울가 파랑 대문 안으로 들어갔다 향냄새가 풍겨오고 영역을 알 수 없는 신들이 신당에 모셔져 있다 복채를 놓자 도사는 사정없이 묻는다 어찌 살았소 이 말 한마디가 뭐라고 힘들었던 가슴이 뻥 뚫렸다 위로를 해주는 것 같았고 용기를 심어 주었다

젊은 시절 부도로 힘든 일상에도 알량한 자존심은 지키고 싶었다 사람들이 싫어지기 시작했고 낯설었고 무기력하고 우울하였다 삶의 터전은 묵정밭으로 가시덤불이었다 도사는 아무것도 필요 없다고 말했다 그 자리에서 빨간 영사로 부적을 힘차게 써주었다

지금부터 어깨 펴고 무시해도 되는 건 무시하고 내려놓는 것도 당당하게 내려놓고 당당하라 하였다 간절하게 기도를 열심히 하라고, 지푸라기 잡는 심정으로 믿고 싶었다 열심히 기도하고 당당하게 살아온 덕분에 오늘에 내가 있었던 것 같다 지푸라기를 잡게 해준 물만골 도사가 당당함을 용기를 가르쳐 주었던 것 같다

"내 운명을 알아야 성공할 수 있다

사주팔자는 바꿀 수 없어도 운명은 바꿀 수 있다

삶이 답답하세요 혹시 사업이 잘 안 풀리십니까"

버스 좌석 등받이에 붙은 점집 광고를 본다

어려웠던 시절을 버티온 오늘의 내가 너무 자랑스럽다

한여름 밤

물음이 없는 감탄사 이 한여름에
벚꽃이 만개하여 하얗게 흔들린다
봄으로 가는 길인가 하니
어느 길에서는 여름이 오고 가을을 만난다
전생에 복 지은 사람들이나
전생에 빚진 사람들이나
오늘 밤 보문호수 야경에 취하여
부끄러워하지도 않는다
찌들어진 굴레들은 통쾌한 웃음들로
야경에 묻어 띄우면
어둠을 틈타 사계는 시공간을 넘는다
제각기 함께 걷던 길손들이 나란히 걷는다

소나무에 걸린 달, 날이 샐 것 같지 않다

티벳이 거기 있었다

펄럭이는 타르초 신성한 경전이 웅얼거린다
오색 깃발들 해탈하는 듯 바람을 탄다
타르르 하늘로 흔들린다
오색 깃발 속에
내 기억이 가진 막연한 동경들이 나부꼈다
거친 차마고도로 떠나는 마방들
오체투지로 오만과 교만을 떨치듯 하심하며
성지로 가는 사람들
먼 길을 떠나기 전 타르초를 엮으며 안녕을 염원하고
떠나는 티벳 사람들을 본다
대원사에 작은 티벳이 거기 있었다
생각 밖에서 이루어지는 깨달음을 체험하는 일은 드물다
수미 광명탑이 세워진 약사여래 법당 둘레에
옴마니반메훔으로 스며든 108개의 마니보륜이 있어
사뭇 영험스럽다
무릎이 시큰거리는 고통을 앓는 것을 염원을 두고
경이롭게 경전에 다가가 옴마니반메훔을 염송하며
마니보륜을 한 개씩 돌린다

천장을 보다

육신에 대한 집착을 없애고 죽어서 하늘 가까이 다다르기 위해서 독수리에게 죽어서도 육신을 보시로 내어주는 티벳 종교와 장례풍습이지만 두려움과 잔혹함에 아찔한 아픔을 느꼈지

죽음을 두려워하지 않는다는 티벳 사람들, 영혼이 떠난 육신은 자연의 일부분일 뿐, 육신에 대한 집착은 덧없이 헛된 것이라 믿었지

포만감으로 천장의 골짜기를 벗어나는 검은 새들의 무리,, 침묵 밖에 할 수 없는 쓸쓸함은 하늘로 가는 길에 아낌없이 육신을 내어주는 사후가 더없이 숭고하였지

천상자들은 이승을 마무리하는 천장의식은 자신에게 맡겨진 삶을 수행처럼 살아가는 것이었지

공허

와불 같이 누운 흰 너럭바위 위로
물살에 씻길 때
물 꽃잎 탁탁 목탁을 친다

물이 흘러간다

세월이 흘러간다

나도 흘러간다

막막한 내 화두가 꼬투리를 잡고
산허리에 걸린다

쿤타킨테 씨는 날개 없는 천사다

외출에서 돌아오니 문 앞에 눈에 익은 흰색 자전거가 서
있다
뜻밖의 선물 같았다 오랫동안 자전거 거치대에 방치된 나
의 자전거였다

며칠 전 외출 길에 거치대에서 담배를 피우는 쿤타킨테
씨에게 인사를 건네고는 나는 괜스레 너스레를 떨었다 비
바람에 녹 쓸고 완전 고물이 된 자전거, 한때는 내 애마였
지만 수리비도 만만찮아 버려야겠다고 했다
쿤타킨테 씨는 자전거를 이리저리 살피며 혼잣말을 한다
다부진 체구에 배도 나왔고 항상 벙글벙글한 얼굴은 믿음
이 넘친다
붉으스레 검은빛을 띤 아저씨 마음씨와 부지런함은 천사
급이다

이웃 아파트에서 무상수리 재능기부를 하는 소식을 듣고
차에 싣고 가서 타이어도 새로 끼워주고 바람도 빵빵하게
넣어주었다 땟물을 물걸레질하고 녹을 사포로 닦고 기름칠
하고 스프레이로 단장하여 새것처럼 깜짝 선물로 대문 앞
에 세워 두었다
세상에 이런 일이 나의 말을 허투루 듣지 않았다니

나와 같이 사는 남자는 귓등으로도 듣지 않았던 말이다

여든을 바라보지만 건강하고 부지런한 쿤타킨테 씨 어디
서나 무엇이든 눈에 일이 보이면 뚝딱 고치고 정리하는 만
능 기술자다 감사함, 고마움도 웬만하면 수고비도 아이스
아메리카 한 잔으로 쭈욱 마신다

천사 아저씨가 한 달 가까이 드나드는 인기척이 없어 딸
네 갔나 했더니

이석증으로 고통스럽게 어지러운 시간을 집에서 누워지
냈다 한다

나는 나쁜 이웃인가보다

천사와 나쁜 이웃은 그래도 베풂과 관심, 배려는 공존한다

작가마을
시 인 선
068

———

조
바
심
을　수
선
하
다

이
소
정

제
4
부

12월

12월은
가지 끝에 걸린 저물녘이다

욕망이 가득했고 비움은 아득하다

여러 가닥의 길목을 세우고 과거지사는 모아서
몽땅 옹이로 남는 시간이다

일 년 열두 달을 지켜온 해만큼
각오가 통통 부풀었지만 게으른 시간은
불분명하게 뒤늦은
깨달음이 머뭇거리며 매듭으로 남긴다

답 없는 해답 찾으려고 숨 가쁜 강 둔덕을 넘었지만
허공으로 걸어온 길은 발자국 흔적도 없다

12월은
찬바람에 옷깃 여미다 이지러지는 눈썹달이다

낙동강, 꽃빛이 아득하다

봄날, 속절없는 맑은 하늘은

물방울처럼 가볍다

꽃잎 소리 나뭇잎 소리
잠시 귀, 기우려 보는 귀
나무와 꽃길이 선다

꽃빛이 아득하다

샛노란 꽃길에 향기가 익어
꽃 나비 날갯짓
둥둥 흘러서 날아오른다

낙동강, 부풀어진 오후가 가렵다

강 너울 위로 이유 없는 반항을 하듯 우루루 바람이 지나 갔다 우연한 필연처럼 오후가 넘실거린다 강 너울이 펼쳐 지는 카페테라스에서 야채 샐러드에 브런치를 맛있게 먹고 싶다 찰랑이고 출렁이던 카페테라스에 꽃 이파리가 서너 개 떨어지자 진동 벨이 울린 소문이 먹음직하여 태어나서 처음 본 것처럼 오후가 맛있게 부풀었다 유일한 기분은 방 향이 없어도 가벼웠다 구름 같고 솜사탕 같은 빛깔 고운 머 랭쿠키 입안에서 바삭하며 녹아드는 순간 막 달려오는 생 도 술술 풀리고 향기가 났으면 한다 몽당 색연필로 어렵사 리 이리저리 색칠하였던 지나온 궁금한 세월들, 지나간 흔 적이 내 말 속에 묻어 있었다

물결을 지우고 키우는 강은 유원하다 햇빛이 쓰러질 때까 지 강을 물들이던 대화들 추루르 물 따르는 소리에 가벼이 멈추듯 서서히 강 가장자리로 묵묵히 떠갔다

낙동강, 발길은 쉼표가 된다

넓은 들에 청보리 푸르게 폈다
지난해 묵은 갈잎을 의지하며 쭉쭉 곧게 뻗은 푸른 갈대밭

둔덕을 꿈틀거리며 무자치 기어가는 모습에 소리 지르는
내 비명에 더 놀란 무자치 갈밭으로 사라진다

하얀 홀씨 부풀어 공굴려 놓은 민들레 흰나비 떼들,
푸르름을 사분거린다

수양버들 가지마다 생각을 매단 초록색이다

강은 바람을 만들어 물결을 일으키고
늪 속의 창포, 풀꽃들 어우러져
강의 젖빛 향기를 만든다

발목 시리도록 물속에 담근 나무들 강을 씻고
버들가지 늘어지게 춤추며 출렁인다

삶이 팍팍한 이 순간 잔잔한 물소리에 고요히 숨을 고르고
풍만한 출렁거림, 마음에 오롯이 담아낸다

시간을 접은 발길은 쉼표가 된다

낙동강, 몸짓으로 우는 노을

씁쓰레한 차 한 모금에 노을이 걸려 있다

오래된 글자들을 맞추며
퍼즐처럼 읽어 내려가는 까치 놀
나를 불러 세운다

너울을 물고 눈 비비며 쏘아 뱉어도
뒷짐을 지고 사라지고,
다시 꽃잎처럼 피어 펼치는 강 너울

낯설지 않은 환청에 소용돌이치는 강

몸짓으로 우는 노을
새로워지지 보다는 멀어지는 것에 익숙하였다

노을 진 강가에 하얗게 시간의 무늬가 그려졌다

노을에 물들지 못하고 침묵하는 강 너머로
날아가는 새 한 마리 본다

낙동강, 겨울 갈대

비우지도 채우지도 못한 채
헝클어진 머리 다 풀어헤치고
휩쓸린 넋처럼 서 있는 갈대

강물 속 전설처럼 엉겨
겨울 품속에 얼어붙었다

빛나던 은빛 머리 나부끼며 어제를 지날 때
뛰었던 가슴이 구릉에서 쓸쓸하다
겨울 바람결에 서로 얼굴 비비며
마른 몸 사분거리며 울었다

넉넉한 강의 독백이 흐르는 시간
물줄기 갈라지는 문장들 빛바랜 푸념을 한다

겨울새 몇 마리
하늘 끝에서 점이 되었다

칸나

불혹의 붉게 피워올린 한 줄기 빛,
붉은 칸나

비 개인 하늘 들여다보며 아름답도록 감겨드는 키다리 꽃
햇볕을 마주하며 기억이 떠오르지 않는 꼬리에 푸르고 붉
은 낯선 시간을 키 만큼 키워냅니다

그림자 짙은 해거름에 물을 뿌려줍니다 그냥 눈물이 납니
다
마스카라를 고쳐봅니다 바람이 내려앉는 초록초록 잎사
귀에 스치는 바람에도 왜 눈물이 날까요

붉은 정열 꿋꿋하게 꽃잎을 뒤로 말아도 보일 듯 헛헛하게
숨어드는 허무한 저녁나절은 소용돌이치는 꽃봉우리 같
은 속울음이었습니다

낙동강, 강변길

나뭇가지 끝에 내린 봄비, 툭하고
얼굴에 떨어진다

빗물이 고이지 않고 뿌옇게 내린다
희뿌연 봄 길을 따라가는 눈길
노랑, 남색 풀꽃들이 살금살금 봄비에 젖어
여린 잎들이 더 푸르고 앙증스럽다

방울방울 포물선을 그리는 강
성긴 가슴에 애틋한 지난 봄날이
안개비에 젖는다

물안개 상념

물안개 피우는 강은 침묵이다

잠이 묻은 발걸음을 깨우듯 박석을 밟고 걷는다

둘레 길에 뻗어 나오는 풀잎에도 가슴이 뛰었다

미미한 온기 같은 자유로운 꽃구름 피어오르고

바람개비는 둔덕에서 갈피 없이 돌았다

주름진 이야기를 강물에 펼쳐본다

풀냄새 가득 흐르는 강은 도도하다

내 등짝 훑는 바람소리에 휘감겨드는 안개 새벽

강가에 물안개만 피운다

여름은 질기고 푸르다

향기로 틔우는 소리 퍽퍽 깨달음으로 핀다

꽃잎은 퍽하는 순간 환희심으로 핀다

불꽃처럼 들끓는 햇빛에 눈엣가시가 뾰족하여
더욱더 귀 기울이며 소리의 향기를 듣는다
넓은 잎사귀로 눈을 가려본다
여름은 질기고 푸르다

잎사귀에서 멀리 뛰는 청개구리
첨벙 물소리에 놀란 청개구리 울음소리가 새파랗다

빛깔은 향기를 잊게한다
초록 잎을 바라보며 어떤 빛깔 꽃인지 잊어도
바람에 묻어오는 향기는 또 다른 바람의 향기를 낳는다

흔들림 없는 이파리 산란해지는 마음을 크게
둥글게 모은다 개구리밥이 퍼져 있는 둔덕 가까이
물 옥잠화도
구경꾼이 되는 백련지

감기

　가라앉던 뜬금없는 생각들이 다시 밥물 넘치듯 끓었다가 가라앉는다

　잎들은 침묵에 잠겨있는데 꽃물결 소리가 떡갈나무 사이로 들린다

　헐벗은 것도 두려움도 무서리 속에서도 단단하고 싶은 내면이 꿋꿋하게 오기를 부린다

　창틀의 침체한 먼지, 꽃 무덤 속 가득한 시간 들이 몽글몽글 밀어를 속삭이듯 가벼운 일상이 한낮을 밝힌다

　겨우내 움츠리다 잉태한 우울증, 봄빛 속으로 조용히 터진다

　꽃샘바람이 다시 요란스럽다

커피 맛으로 일상을 로스팅하다

은하수 주인장의 특색으로 로스팅한 커피 맛에 취하고
음악에 심취할 수 있어 좋다

벽면에 걸린 산토리니 바다 빛 푸른 종소리가 들려오는
듯하다
푸른 바다를 보며 안락하게 몸을 눕히고 싶다

'커피 맛은 어떤가요'
'아주 매력 없는 맛입니다 무미하고 심심한 맛입니다'

심심하다는 말, 맛이 심심했을까 무미한 시간이 심심했
을까

나를 잃어가는 느낌 분명 우울하거나 추억이든가
빗속으로 정적을 울리고 천천히 떠나가는 기차 같은 음악
더 외롭거나 아무것도 방해받고 싶지 않을 때 이곳에서
읽지도 못하고 넘길 수 없는 페이지를 살짝 덮어둔 시간
속에서
눈 감으면 흰빛이 들어왔다가 어두워지면 툭툭 털어내는
기분이 좋다

웃음이 떠나지 않는 주인장 다시 내린 커피 맛은
쓴맛 단맛 신맛 세 가지 고소한 맛과 산도가 적당하여
슬그머니 미소가 흘러나오는 맛이다

인생사 짙은 맛 따끈한 온도에 호흡이 나의 출구를 찾았
을까

비현실적인 남루한 시간은 익숙한 일상으로 돌아갈 오후
였다

귀가 예쁜 사람

 우산을 지팡이 삼아 짚고 구름다리를 오르는 할머니 힘이
드셨는지 잠시 쉬려고 섰다 일면식도 없는 할머니 방글방
글 웃으며 바삐 걷는 나의 발걸음을 붙잡는다

 할머니는 잠시 숨을 돌리며 무릎 양쪽 수술로 몇 달을 요
양하다 친구가 온다길래 마중 가서 맛있는 밥도 먹고 재미
있는 이야기를 하고 놀다 올 것이라고 주절주절 말한다

 일면식도 없는 사람들이 왜 내게 말을 걸까? 지인들도 수
다라든가 상담을 하기도 한다 서슴없이 말을 걸어오는 사
람들이 많다 내가 어리숙하여 남의 말을 잘 듣게 생겼을까?

 얼굴도 예쁘고 말씨도 상냥하고 나긋한 그녀가 생각났다
"어쩜 그렇게 예쁜 말만 하세요" 감탄하며 그녀에게 물었
다 그건 내 귀가 예뻐서 그렇다고 한다 내 귀가 예쁜가 정
말 그런가

 시간이 많이 흐른 후, 문인들 행사 갔다가 그녀를 만났다
여럿이 모여 이런저런 대화를 나누는데 그녀는 방글방글
웃으며 긍정적으로 따뜻한 어감으로 말하는 그녀 '시인님
은 어쩜 한결같이 좋은 말 예쁜 말만 하세요' '선생님은 귀

가 예뻐서 그렇게 들리는 겁니다'

　내 듣는 귀가 예쁘다고 말한다

　듣는 귀가 예뻐야 남의 말도 예쁘게 들리는 것인가 보다

그런, 그런 것

가을이 짙은 뜰에 국화가 닭벼슬처럼 윤기를 내며 짙은 향기를 뿜었다 이맘 때 엄마는 국화꽃을 따서 곱게 말려 베게 속에 넣었다 국화가 만발한 꽃밭에 벌과 나비가 윙윙거리며 날아다녔다 그리고 '베사메무초'를 아버지는 전축 볼륨을 높여 뜰이 꽉 차게 울렸다 그 가을날의 유년이 가슴에 남아 내가 감수성이 풍부한 것 같다 자상한 엄마는 초등학교 입학하기 전에 ㄱㄴㄷ은 물론, 동그라미는 왼쪽에서 시작하여 오른쪽으로 마무리를 잘해야 예쁜 글씨를 쓴다며 동그라미를 많이 그리게 하였다 아주 가끔씩 나는 엉뚱한 발상을 하곤 했다 시험 기간에는 시험공부는 뒷전이고 문학 잡지와 소설만 본 것 같다 물론 성적도 엉뚱했다 어느 날 빨강머리 앤을 읽다가 다음날 아프다고 하며 결석을 하였다 이유는 내가 아플 때 찾아오는 친구가 절실한 친구라는 앤의 말대로 실험을 한 것이다 정말 방과 후 생각대로 그 친구들이 왔었을 때 기쁨은 무모하고 엉뚱한 발상들이 웃음을 짓게 한다

오늘도 외출에서 돌아오니 역시나 그림자가 놀다간 흔적이 여기저기 어지럽혀져 있다 커피를 마신 흔적을 남긴 잔, 아무렇게나 던져놓은 옷가지 뭔가 쓰다가 반쯤 구겨진 종이, 책상은 이것저것 읽지도 않고 있는 대로 펼쳐놓은 책,

현관문을 열 때마다 내 그림자들의 행동에 실실 웃는다
　내가 시를 짓는 것도 인기척에 놀라 흔적을 바삐 숨기다
가 꼬리를 숨기지 못한 그림자 꼬리를 잡아끌어내다 나도
놀아보는 것이다

팔월 초이레

어둠을 먹은 슬픈 감정
내 맘 알 수 없는 쓸쓸함을 묵묵히 다독이는 듯
그 순간에도 달은 낯설지 않게 엄호한다

언제부터 따라 왔는지
차창 사이로 숨어든 팔월 초이레 달을 본다
서부 터미널에서 막차 타고 통영으로 문상가는 길
버스 차창 사이로 하얗게 따라오는 달을 보았다

어둠 너머로 흩어지면서 사라지고 새로워지는 빛이 다시
어두움 속에도 달아나지 않고 마주 보는 초이레 달빛

멈칫 풍경 한 귀퉁이가 물컹하게 내려 앉는다

그렁그렁 차오르는 눈물은 바람이 되고 노래가 된

침묵마저 어둑한 밤기운 무섭게 영롱하다

그런 것 그런 것이 먼 곳에 모든 것으로 사라지는
어제의 빛들이 허공으로 걸어간다

터미널에 먼저와 기다린듯한 달을 마주쳤다

통영 앞바다 물비늘 제대로 털어내지도 않고
희뜩희뜩한 모습으로 얼굴을 내민다

택시에 내리니 눈앞에 보이는 장례식장
고요한 어둠에 낯선 동네라는 핑계로 먹먹해져
같은 자리를 반복하며 돌고 돌았다

길을 밝히며 앞선 달의 미묘한 표정을 읽는다

삶의 일상마저 무거운 짐, 시간 들을 묻어놓고
길 떠나는 영혼 앞에 향 하나 사른다

바람 속 바람으로 모든 길이 나 있다는 것을 초이레
달빛에 주문을 건다

날개는 돋지 않았다

풀숲을 막 지나온 바람이 쉼표를 찍는다

당신의 연륜이 묻어난다

동글동글하다 모나고 삐죽한 모습마저도 당신의
운명을 닮았다

비틀거리며 걷어차이는 발길에
공중부양하는 날 날개를 달고 싶다

날개는 돋지 않았다

발자국도 없는 롤러코스트를 탄다
닳아가는 당신의 고통을 거룩하게 칼질 해버린다

보이지 않았던 세상이 수반 속에서 몽글몽글 부풀어 오른
다

당신의 걸림돌이 된 수많은 내가 깨어난다

흰나비 되어

배롱나무 아래를 지나다가 백일동안 피는 백일홍을 생각하다가 금잔화가 생각난다

배롱나무 길 따라가노라니 길목 따라 백일홍, 금잔화 옹기종기 피어 열려 있는 파랑 대문 앞까지 줄을 잇고 있다

배롱나무 백일홍 금잔화 백일을 피는 내내 여름 햇살에도 고귀한 순결한 기다림으로 노랗게 붉게 피어난 골목 끝머리에서

흰나비 혼混이 되어 깨끗한 절명 시 한 줄 쓰고 있다

일탈逸脫의 시학, 버스를 타고 지하철에서 내려
시베리아 횡단 열차를 타고 자작나무 숲으로 간다
— 이소정의 시 세계

정익진(시인)

1. 序, 자작나무 숲, 기차, 그 끝은 어디인가

이소정 시인의 시편들을 읽으며 지금 앉은 자리에서 일
어나 당장 어디론가 떠나지 않으면 안되겠다는 생각이 들
었다. 그래서인지 다음과 같은 장면들이 떠오른다. 일탈의
순간이 다가온 것일까.

기차에 올라탄다. 창가 자리에 앉아 차창 밖으로 하염없
이 스쳐 지나가는 것들을 바라보며 상념에 잠긴다. 간혹 낯
선 역에 닿아 기차에 올라타는 사람의 표정을 살피기도 하
고 기차에서 내리는 사람들의 뒷모습을 쳐다보며 왠지 모
를 쓸쓸함에 잠긴다. 모두 어디서 왔다가 어디로 떠나는 것

일까. 사람들이 당도한 곳에는 어떤 꽃들이 피어오르고 어디에서 꽃들은 지고 있는가. 깊이를 알 수 없는 심연 속에 머물고 있을까. 혹은 늪에라도 빠져 아무리 발버둥 쳐도 헤어 나올 수 없는 지경에 이르렀을까. 다음 역은 어디일까. 얼마동안 달려야 시베리아인가. 거기서 또 자작나무 숲까지는 얼마나 또 가야할까.

일탈(逸脫, deviance)이란 딱 그만큼의 정해진 테두리로부터의 벗어남이다. 사회학적으로는 사회적인 규범이나 질서에서 벗어나는 일이 될 수 있다. 일탈, 그 자체로는 뭐라고 딱 부러지게 정의할 수 없을 뿐만 아니라 제각각 경우의 수를 해석하는 범위와 위치에 따라 상대적으로 결정된다.

이소정의 시편에 나타난 일탈은 그러한 긍정과 부정을 따지는 일반적인 일탈의 의미가 아니라 시인의 일탈이다. 즉 창조적 일탈을 의미한다. 그것은 새로움에 대한 갈망이며 색감이 밋밋하고 천편일률적인 일상으로부터의 벗어남을 강조한다. 더 나아가 변화의 순간과 공간을 접할 수 있는 수단이자 방법으로서의 일탈이다. 상상의 지느러미를 마음껏 휘저으며 심연의 저 끝에 도달해서 지금까지와는 전혀 다른 경지를 획득할 수 있음을 시인은 직감하고 있다.

꼬리표도 없는 가방을 메고 바다로 갈까 아니지 기차를
타고
낯선 별나라로 가야 할까

〉
온도가 같은 사람과 쓰잘데기없는 이야기도 즐겨야지
식감도
좋고 꼬투리까지 맛있는 빵도 먹어야지

매번 텅 비어 꼬리가 잡히지 않는 마음

다시 적막이 흐른다 정리되지 않는 나날들 주변이 심란
하다

남쪽 지방의 꽃 소식, 중부지방의 폭설로 하얗게 피어
난 목화밭,
꽃망울이 터질 듯 웅크린 소식들, 절망하며 익숙한 환
상으로
시베리아 횡단 열차를 타고 자작나무 숲으로 간다

쓸쓸함이 겨드랑이를 타고 내렸던 무게, 한 빛만큼 커
진다

빈자리에 꽁꽁 언 발로 내가 엉거주춤 저기에 서 있다

구멍 숭숭한 어두운 동굴 안 박쥐가 되기도 한다

발길은 버스를 타고 지하철을 환승 하는 사이, 추억 속
에 무엇이
끝이든 홍매화 멍울진 매화타령 번지듯,

　　　　　　　－「버스를 타고 지하철에서 내려
　　시베리아 횡단 열차를 타고 자작나무 숲으로 간다」 전문

인용시의 제목이 이 시집의 주제라 여길 만큼 이소정의 시 세계의 많은 부분을 차지하고 있다. 시의 내용에서 짐작할 수 있듯이 시인의 행동반경이 다소 폭이 넓은 편이다. 거기에다 다채로운 생각의 파편까지 곁들여 시의 내용이 풍요롭다. 정신과 의사, 문요한 씨의 저서 '여행하는 인간 Homo Viator'을 잠시 펼친다. "여행은 가장 위대한 스승이자, 동반자 그리고 치유자이다!" "알프스에서 안나푸르나, 파타고니아까지 걷고 또 걸으며 의사 문요한이 만난 여행이 인생에 건네는 깊고 소중한 이야기"라는 문구를 책 홍보용으로 사용하고 있다. 어쩌면 인간은 한곳에 정착할 수 없는 존재가 아닌가 하는 생각이 든다. 물론 사람에 따라 여행의 목적도 각각이고 여행의 종류도 다양하지만 공통점은 현재 있는 자리에서 단기간이든 장기간이든 벗어난다는 것이다. 여행기를 읽는다는 것은 여행에서 다녀온 이들은 얻은 지혜들을 공유하고 그 지혜들은 현실에 적용해서 각자의 생활을 보다 풍성하게 가꾸어보자는 의도를 지닌다. "꼬리표도 없는 가방을 메고 바다로 갈까/ 기차를 타고 낯선 별나라로 가야 할까." 상상 속의 여행이겠지만 결국 시베리아 숲을 향해 가는 시인의 설렘이 전해지는가 하면 두고 온 곳에 대한 아쉬움도 느낀다. 그 그림자들을 뒤로 하고 발걸음을 옮기고 있다. 떠나는 자는 자신이 거주하는 세계의 익숙함에서 벗어나 낯선 세계와의 조우를 갈망한다. 일탈을 감행했다.

　　지난날 학창 시절 국정교과서에 '두 갈래의 길(로버트 프로스트)'이란 시가 기억난다. 우리에게 너무나 잘 알려진 미국의 시인 로버트 프로스트는 특히 시에서 나타난 어두운 숲은 일상과 대립되는 일탈의 공간임을 언급한 적이 있다. 프로스트가 죽음을 두 달도 남기지 않은 1962년 겨울 어느 날 다트머스 대학에서 일탈extravagance에 대한 강연을 하였다고 한다. 그는 여기서 "시는 여러 가지 점에서 일종의 일탈입니다. 그것은 사람들이 수상쩍게(독특하게) 생각하는 어떤 것이라고 하면서 "시적 자아의 확립을 위해서는 일상에서 일탈이 필수적이다. 그러나 중요한 것은 일탈의 위치이다. 프로스트 시에서 자주 등장하는 이상적 위치는 숲과 들, 숲과 마을의 경계선 등 사회와 자연을 동시에 바라볼 수 있는 요지이다"고 말하고 있다.

위의 인용시의 제목과 마찬가지로 시의 내용에서도 "시베리아 횡단 열차를 타고 자작나무 숲으로 간다"이 구절을 매우 강조하고 있다. 하지만 시인은 "남쪽 지방의 꽃 소식, 중부지방의 폭설로 하얗게 피어난 목화밭,/ 꽃망울이 터질 듯 웅크린 소식들,"에 귀를 기울이며 나의 출발점과 나의 현실을 정확하게 인지하고 있다. 즉, 자신이 마주하고 있는 현실(시인의 일상)과 이상(시 쓰기)사이의 괴리감을 스스로 잘 제어하고 있다.

세속으로부터 일탈해서 열반의 경지에 닿고자 용맹정진하던 이들이 세상 부러울 것이 무엇인가. 하지만 과정을 터득하지 못하고 다시 환속하는 이들의 마음, 그 마음의 끝자락은 어디일까.

스님이 절간을 떠나면 출가가 되고,
일반 사람들이 집을 떠나면 가출이 된다는 사실을
떠나는 사이 알았다
출가이든 가출이든 중늙은이들 일탈을 한다
떠난다는 것에 목소리가 커지고 웃음도 마음대로다

먼 산에 하얗게 덮혀 있는 눈, 밭이랑 잔설들 마음을 환
하게 한다
가는 내내 쌓인 눈들이 마음을 환하게 한다
푹푹 쌓인 설경이 보고 싶어 일탈을 감행했는지 모르겠
다

온천이 보이면 홀라당 무거운 짐 벗어 버리듯 노천탕을
즐기고
바다가 보이면 카페 창가에서 브런치에 차를 마시며 수
다를 떨고
끼니때가 되면 맛나게 먹는 재미가 솔솔한 일탈이다

이 길의 끝은 어디일까? 그래 우리 끝까지 달려가는 거
야

자작나무 숲, 이곳이 겨울 나라일까?

자작나무 숲 가는 길, 눈밭으로 길이 끝이 없다

하얀 나무들의 숲, 하늘을 본다 하늘은 파랗고 하얗다

고요가 솟아오른 자작나무들, 무한히 흔들린 마음이 부
드럽게 서 있다

무슨 요일인지 몇 시 인지 아랑곳없다

- 「길의 끝은 어디일까」 부분

위의 시는 소시민의 소소한 일탈을 소소하게 보여준다.
요즈음 말로 '소확행'을 실천하는 삶이다. 설경이 아름다운
곳으로 달려가고, 뜨거운 온천수로 피로를 풀고, 바닷가 카
페에서 차를 마시고 맛집 찾아 식도락을 즐기면 되고 그야
말로 마음 가는 데로 움직인다. 그렇게 말은 하면서도 시
인은 잔잔한 일탈의 즐거움, 그 끝은 어디 인가라고 자문
한다. 그러다가 갑자기 큰 보폭으로 긴 다리 건너편으로 홀
쩍 건너뛴다. 더욱더 깊은 자작나무 숲을 향하고 있다. 기
왕 나선 길 내 마음속의 길이 끝날 때까지 가보면 내 손에
잡히는 그 무엇이 있지 않을까.

2. 여뀌꽃 가을, 물안개 역을 거쳐

고요하고 서정적인 풍경이 펼쳐지는 가을 속으로 열차는
간다. 차창 밖으로 스쳐 지나가는 것들,

가을, 여뀌꽃, 흑백사진

청솔 빛, 하늘, 구름, 둥둥 떠내려가고

기차, 속이 텅 빈 소리로 지나간다

오솔길 꽃망울들 보기 좋게 부풀어 가고
어눌한 바람 소리 들려온다

바람의 향기 속에 또 다른 바람의 향기

어떤 빛깔의 꽃인지 잊어도

해맑은 웃음 몽글몽글 넘쳐 온 벌판이 간지러운
붉은 여뀌 꽃 내 귀에 매단다

풍경 속, 한낮은 가슬가슬 가을을 말리고

여뀌꽃 엉기는 풍경 쪽으로 가을이 떨어지고 있다

－「여뀌꽃 가을」 전문

　이소정의 다른 시들에 비해 말이 없다. 어쩌면 기차는 침
묵하는 내면 속으로 향하고 있을지도 모른다. 사람들에게
보여주는 외적인 나의 모습을 벗어 던지고 깊은 내면으로
향하는 일탈이다. 차창 밖은 고요하다. 그러므로 가을의 풍

경 속으로 떠나는 길은 내면으로 떠나는 길, 자신과 마주하는 시간이다. 침묵의 그림자 속에 침잠하는 시인의 고적한 모습이 그려진다. 오래된 기억의 파편들이 가을의 낙엽들과 함께 머릿속에 뒹굴어간다. 잃어버린 감정이 자신의 몸 깊숙이 숨어 있다 스멀스멀 피어 오른다. "바람의 향기 속에 또 다른 바람의 향기"가 풍겨오듯이 기억과 기억이 겹쳐지고 내면의 풍경이 서서히 드러난다. 여뀌꽃 엉기는 가을 풍경 속에서 머물다 간 사람들의 발걸음 소리가 들려오는 듯하다. 여뀌꽃, 여뀌꽃. 여뀌꽃 가을이다.

새벽에 깨어나면 내 고요가 물안개에 갇히는 날이 있다
멍하니, 또 한 계절이 죽어가고 있다

내 안에 고요함이 먼지처럼 머물다 가라앉아있다

소설의 발단은 우울하게 비가 내리는 것으로 시작된다
그리고 안개와 안개를 배경으로 이름도 없는 얼굴을 그려 넣었다

불안은 자꾸만 거꾸로 자라 꼬리에서 꼬리를 물고
헛된 생각들은 내가 만든 감옥에 스스로 갇혀버린다
출처를 생각해도 알 수 없는, 밀어내는 말

이름도 얼굴도 없는 나의 유령
마음의 구릉에서 얼마나 많은 허상의 꽃을 피웠나?

〉
소설의 결말은

내 안에 울리는 종소리에 나의 유령과 어리둥절하게 작
별한다

걸림이 없는 생, 걸림 없이 살아야겠다

앞만 보고 달려온 영혼이 저만치 분별없이 설레인다
— 「새벽 물안개에 갇히는 날이 있다」 전문

침묵으로 향하는 일탈은 아직 끝나지 않았다. "내 안에
고요함이 먼지처럼 머물다 가라앉아 있다." 그리고 나는
아득한 오솔길로 여전히 산책 중이다. 물안개에 갇히는 날
은 얼마만큼 적막해야 도달할 수 있을까. "우울하게 비가
내리는 것으로 시작된" 소설은 "내 안에 울리는 종소리에
나의 유령과 어리둥절하게 작별한다"로 끝을 맺고 있다.
이 소설의 제목은 무엇이었을까. 시의 제목과 같은 '새벽
물안개에 갇히는 날이 있다'였을까. 사방을 살펴봐도 "불
안은 자꾸만 거꾸로 자라 꼬리에서 꼬리를 물고/ 헛된 생
각들은 내가 만든 감옥에 스스로 갇혀버린다." 앞뒤를 분
간할 수 없는 짙은 물안개 속에선 쉽사리 길을 잃을 수도
있지 않을까. 발을 헛디딘 것일까. 유령들이라도 불러 모
아야겠다.

3. 12월, 겨울 갈대숲 역으로

 열차는 물안개의 나날들과 봄, 여름, 가을을 지나 12월
에 닿았다. 12월을 맞아 여러 가지 의미를 부여해보기도
하지만 하늘가로 퍼져가는 붉은 노을을 바라보며 알 수 없
는 탄식이 터져 나온다. 하루의 저물녘과 한해의 저물녘,
그 지점에서 마지막 잎새를 바라보는 심정이다.

 12월은
 가지 끝에 걸린 저물녘이다

 욕망이 가득했고 비움은 아득하다

 여러 가닥의 길목을 세우고 과거지사는 모아서
 몽땅 옹이로 남는 시간이다

 일 년 열두 달을 지켜온 해만큼
 각오가 통통 부풀었지만 게으른 시간은
 불분명하게 뒤늦은
 깨달음이 머뭇거리며 매듭으로 남긴다

 답 없는 해답 찾으려고 숨 가쁜 강 둔덕을 넘었지만
 허공으로 걸어온 길은 발자국 흔적도 없다

 12월은

찬바람에 옷깃 여미다 이지러지는 눈썹달이다

- 「12월」 전문

　　인용시의 시적 화자가 "뒤늦은 깨달음"을 통하여, 또는
"숨 가쁜 강의 둔덕"을 넘고 넘어서 찾고자 하는 해답은 무
엇일까. 나를 포함한 대부분의 사람은 왜 답을 구하고자 애
를 쓰는가. 혹시 답이 없는데 답을 찾으려는 것이 우리 인
생이 아닐까. 흔히 인생은 고해의 바다이며 그 고통은 집
착에서 비롯되고 그리하여 집착을 버림으로써 우리는 고통
의 소멸에 이를 수 있다는 현자들의 말을 기억한다. 그렇
다면 집착을 버리는 것이 인생의 해답일까. 집착도 일종의
욕망이다. 우리가 집착을 완전히 제거할 수 있겠는가. 인
생에서 답을 찾는 행위와 인생의 의미를 찾는 것, 이 둘의
연관성을 생각하며 '대화의 희열'이란 TV프로에 등장한
유시민 작가의 말을 들추어 본다. 역시 게스트로 나온 독
일사람 다니엘(한국말 매우 유창)이 질문을 던졌다. 내가 내 인
생에 어떤 의미를 부여 해야할까?

　　유시민 : "그게 올바른 질문이에요. '내가 내 인생에 어
떤 의미를 부여해야 할까.' 인생에는 무슨 의미가 있지? 이
게 아니고, 의미 없어요. 우리 인생은 어떤 의미가 있지?
정답이 정해져 있어요. 의미 없어요. 그런데 내가 내 인생
을 어떤 의미로 채워가야 하지? 혹은 나는 내 인생에 어떤
의미를 부여할까. 이건 각자의 답이 있는 문제잖아요. 답
을 찾을 수 있어요. 그런데 우리가 처음부터 잘못된 질문

〈상투적인 질문〉을 받아서, 어차피 답이 정해져 있는, 그것도 매우 허무한 답이 정해져 있는. 그런 질문들을 가지고 뱅글뱅글 머리를 돌리는 동안 아까운 시간이 흘러가는 거죠. 인생이 진짜 잠깐이에요."

이소정의 시들은 이와 같은 삶의 의미와 해답에 대해 질문을 던지는 방식으로 점철되어 있다. 어쩌면 삶은 삶에서 발생하는 문제에 대한 상투적인 해답이라기보다는 자신만의 고유한 방식, 그 독보적인 방식을 실천함에서 찾을 수 있을 것이다. 삶에 있어서 어떤 문제가 주어진다면 그것은 윤리적인 문제이다. 삶과 분리된 어떤 것(형이상학)이 아니라 삶을 가치 있게 만드는 것(인간의 윤리)이다. 특정한 방식으로 느껴지는 삶 자체이다. 매일매일 창조적인 삶의 실천이다. 12월이라고 해서 꼭 어떤 답이 주어지는 것은 아니지만 지나온 시간에 대해 잠시나마 뒤돌아보자는 의도이다. 인용 시이 화기는 "욕망이 가득했고 비움은 아득하다"고 결론지음으로써 해답을 대신한다. 탁월한 표현이다. 비움과 채움 사이, 무수한 '일탈의 경계'를 넘나들며 또다시 일상(원점)에게 팔을 뻗어 바통을 넘기는 삶의 패턴. 이러한 패턴이 홀라후프가 그리는 원과 같이 이소정 시인의 다른 시에서도 계속 반복된다.

비우지도 채우지도 못한 채
헝클어진 머리 다 풀어헤치고
휩쓸린 넋처럼 서 있는 갈대

〉
강물 속 전설처럼 엉겨
겨울 품속에 얼어붙었다

빛나던 은빛 머리 나부끼며 어제를 지날 때
뛰었던 가슴이 구릉에서 쓸쓸하다
겨울 바람결에 서로 얼굴 비비며
마른 몸 사분거리며 울었다

넉넉한 강의 독백이 흐르는 시간
물줄기 갈라지는 문장들 빛바랜 푸념을 한다

겨울새 몇 마리
하늘 끝에서 점이 되었다

- 「낙동강, 겨울 갈대」 전문

갈대의 모습이나 인간의 모습이나, 삶이 얼마나 고되었
으면 머리카락 다 헝클어진 갈대의 모습으로 넋을 잃고 있
나. 여기저기 기웃거려 봤지만 금맥은 온데간데없고 결국
슬픔의 이유가 되고 말았다. 그래서 파스칼은 인간은 생각
하는 갈대라고 말했을 것이다. 그의 저서 '팡세' 수록된 원
문을 읽어본다. "인간은 자연 가운데서 가장 약한 하나의
갈대에 불과하다. 그러나 그것은 생각하는 갈대다.
L'homme n'est qu'un roseau le plus faible de la nature : mais c'est
un roseau pensant"라 말하였다. 이것은 성서 가운데 '상한

갈대'(마태오의 복음서 12:18~22, 이사야서 42:1~4)에서 유래하였다
고 전한다.

 위의 시에 등장하는 시적 화자의 심정은 매우 슬프다.
"겨울 바람결에 서로 얼굴 비비며/ 마른 몸 사분거리며 울
었다"에서 그 슬픔을 느낄 수 있다. 슬픔의 연유를 알 순
없으나 인간은 본능적으로 슬픔을 이해하는 존재이다. 인
간은 이 광활한 대자연 속에서 손가락이 하나뿐인 가냘픈
갈대에 지나지 않으나, 생각의 깊이(사유, 思惟)에 따라 우주
적 존재가 될 수 있다는 말이다. 인간들이 남겨놓은 유산
에서 그 위대성을 증명할 수 있겠다. '생각하는 갈대'는 또
하나의 유명한 명제 데카르트의 "나는 생각한다. 고로 나
는 존재한다."로 자연스럽게 하나로 묶여 있다. 1+1이다.

 특히 인용시의 화자는 "강의 독백"을 들을 수 있고 "물줄
기 갈라지는 문장"으로 푸념을 할 수 있는 존재이다. 시인
임을 알 수 있다. 시인은 사유하는 존재이며 고정관념에서
일탈하고자 한다. 어쩌면 시적 화자는 시적 고뇌에 빠져 있
을 수도 있다. 화자가 자신만의 문장에 대해 고뇌하는 모
습 때문이다. 앞서도 언급했지만 소소한 일탈을 시도해 보
았지만 내가 자리(역할)하고 있는 나의 현실(가족 중심)의 테두
리를 벗어날 수는 없는 일이다. 하늘 한복판으로 날아가 점
이 되는 새의 일탈이 아닌 다음에야 우리는 현실이란 품 안
에서 안락하게 지낼 수밖에 없다.

4. 강, 노을빛, 사십구재, 관음사에 들러

열차는 어디론가 떠나지 못하고 강가에 여전히 머물러있다. 방향을 찾지 못한 시인의 발걸음도 제자리를 서성인다.

씁쓰레한 차 한 모금에 노을이 걸려 있다

오래된 글자들을 맞추며
퍼즐처럼 읽어 내려가는 까치 놀
나를 불러 세운다

너울을 물고 눈 비비며 쏘아 뱉어도
뒷짐을 지고 사라지고,
다시 꽃잎처럼 피어 펼치는 강 너울

낯설지 않은 환청에 소용돌이치는 강

몸짓으로 우는 노을
새로워지지 보다는 멀어지는 것에 익숙하였다

노을 진 강가에 하얗게 시간의 무늬가 그려졌다

노을에 물들지 못하고 침묵하는 강 너머로
날아가는 새 한 마리 본다

                              - 「낙동강, 몸짓으로 우는 노을」 전문

노을은 무대 위의 붉은 커튼, 무대 위에서 하루라는 제목의 연극이 끝나고 커튼콜의 순간, 노을의 시간이다. 인생은 연극이란 말이 있듯이 인생의 순간, 순간들은 한 번 놓치면 다시 만날 수 없는 찰나의 예술이라 할 수 있다. 하루가 잘 마무리 되었던 그렇지 못했던 노을은 우리의 뒤에 펼쳐져 있다. 12월은 한해 마지막 카드, 뒤집으면 또 한해가 시작된다. "몸짓으로 우는 노을/ 새로워지기보다는 멀어지는 것에 익숙"한 것과 마찬가지로 노을은 하루의 마지막 보폭을 위한 레트카펫이다. 그 붉은 카펫의 저편으로 멀어져 가는 등장인물들의 뒷모습이다. "오래된 글자"는 무엇을 말함일까. 오랜전 시인이 써 둔 시구절일까, 노을이 들려주는 시를 말함인가. 항상 시를 염두에 두고 언제든지 영감이 떠오르면 바로 시작업에 몰입하는 시인을 떠올릴 수 있겠다. 노을 진 강가는 아름답다. 나의 그림자는 아름다웠던가. 삶의 아름다움을 위해 내 발걸음의 궤적은 무엇을 그렸던가. 나의 일탈은 달에 닿았을까. "노을에 물들지 못하고 침묵하는 강 너머로 날아가는 새 한 마리"는 영원의 시간을 의미한다. 노을에 깔린 철도 위를 달려가는 열차가 당도한 곳은 또 다른 영원의 세계였을까.

　　　영가를 달래는 스님의 구음 소리가 피어 오른다
　　　슬픔이 절절하여 오락가락하는 빗소리까지
　　　더해져 애절한 가족들 가슴 미어지는 아픔이다

　　　산사에 들렀다가 인연인지 사십구재를 본다

다음 세상의 좋은 연을 받는, 이승의 매듭을 잘 풀어

극락왕생을 바라는 의식이 시작된다

아으아.. 스님 구음소리 가슴을 울리고 빗소리까지 울

린다

고비사막 아름다운 인연을 생각한다

- 「사십구재를 보며」 부분

이번 이소정의 시집 곳곳에서 불교에 관한 흔적들을 자
주 발견할 수 있었다. 시인 자신이 불교에 깊은 관심을 가
지고 있으리라 생각한다. 우연히 들른 사찰, 그곳에서 사
집구재를 참석하게 되는데, 사십구재四十九齋의 49는 불교
와 인연 있는 대표적인 숫자이다. 사람이 세상을 떠난 지
49일만에 올리는 의식이 49재이다. 일종의 천도재薦度齋이
다. 절에서는 보통 7일마다 7번의 재를 지내 망자를 위로
하고, 좋은 세상에 태어날 것을 기원한다. 불교의 윤회사
상과 연결되는 대목이다. 소박한 의미의 제사라기보다는,
망자에게 부처님 가르침을 전하는 의미를 담고 있어 제祭
라고 하지 않고, 불공을 뜻하는 재齋라고 한다. 주로 가족
끼리 모여 재를 올리지만 사찰에는 가족만 오는 것이 아니
라 관계자 외, 조문객도 올 것이고 또 인용시의 화자처럼
망자와 아무 관계가 아니더라도 고인을 위해 예를 올리는
것도 자연스러운 일이다. 영좌 앞에 꿇어앉아서 분향하고
절하는 것은 미풍양속으로서 지금까지 전해져 내려오고 있

다. 재를 주도하는 스님의 구음 소리가 빗소리와 함께 화
자의 가슴속으로 스민다. 망자의 가족들의 슬픔이 법당 안
을 가득 채운다.

　　당간지주만이 자리한 옛터는 덩그라니 잡풀들만 무성
　　하다 늦가을 한낮에 절집은 소란한 바람들을 맞이하고 있
　　다 곡성 관음사 원통전에 삼배하고 나오니 불두는 보셨나
　　요 라는 도반의 질문에 후다닥 신던 신발을 내동댕이치고
　　법당으로 들어가는 불심은 얕고 욕심만 많은 어리석은 중
　　생의 눈에, 머리는 파손되었고 얼굴만 있는 불두 얼굴은
　　잔잔한 미소를 지었고 두 눈은 반쯤 내려 감고 내 마음을
　　뚫어보는 듯 하였다 마음을 비우고 또 비워 내야 하는데
　　비운만큼 다시 채우려는 욕심,

—「모든 것이 내 중심이었다」 부분

　불두佛頭는 부처님의 두상을 조각한 것이다. 불두는 부처
의 평화롭고 차분한 본성을 상징하는 얼굴의 고요한 미소
를 강조하며 부처의 지혜를 표현한다. 인용시의 내용에서
화자가 왜 신발을 내동댕이치고 법당으로 급히 들어갔는지
에 대한 정황은 알 수 없으나, 세속화된 욕심이 들킨 모양
이다. 그래서 이 시의 제목이 '모든 것이 다 내 중심이었다'
라고 짐작할 수 있다. 어쩌면 법당에 가서 절을 하는 것도
자신과 자신의 주변의 안녕을 위해서 하는 행위라고 말하
는 듯하다. 앞서 언급한 시작품 '12월'의 한 구절 "욕망이
가득했고 비움은 아득하다"와 인용시의 시구절 "마음을 비

우고 또 비워 내야 하는데 비운만큼 다시 채우려는 욕심,"과 맥락을 같이 한다. 시적 화자가 일상의 테두리에서 벗어나는 것도 진정한 자아를 찾아가는 여정이라고 말할 수 있으며 '마음을 비우기 위한 것'이라는 것도 어느 정도 명백해졌다. 마음 비우기는 이기심을 버리는 일이다. 유연하게 사고하고 적정선에서 한 걸음만 양보하는 것부터 시작해야 하지 않을까. 위의 인용시는 자신보다는 타자를 우선 생각하는 마음이 중요하다는 것을 지적하고 있다.

5. 結, 배롱나무 역, 흰나비 되어

우리의 삶이 계속되는 동안 열차는 멈추지 않을 것이다. 열차는 여름, 배롱나무 역으로 향한다.

    배롱나무 아래를 지나다가 백일동안 피는 백일홍을 생
    각하다가 금잔화가 생각난다

    배롱나무 길 따라가노라니 길목 따라 백일홍, 금잔화
    옹기종기 피어 열려 있는 파랑 대문 앞까지 줄을 잇고 있
    다

    배롱나무 백일홍 금잔화 백일을 피는 내내 여름 햇살에
    도 고귀한 순결한 기다림으로 노랗게 붉게 피어난 골목
    끝머리에서

흰나비 혼混이 되어 깨끗한 절명 시 한 줄 쓰고 있다

— 「흰나비 되어」 전문

배롱나무는 햇볕이 폭격기 같이 내리쬐는 뜨거운 여름날에 꽃을 피운다. 그리워하는 사람을 기다리는 시간이 백일이라 하여 백일홍이라고도 한다. 나비들이 이꽃 저꽃을 옮겨 다니듯 꽃을 따라나서는 여정은 아름답다. 하지만 꽃이 피는 시간은 영원하지 않다. 그 영원의 시간이 지속되기를 바라며 절명 시 한 줄 남기자는 시인의 간절한 마음을 읽을 수 있겠다. 시인의 소원이 이루어지기를 바란다.

이소정의 시는 현실이라는 공간 안에서 자아의 뿌리를 찾고자 조금이라도 영토를 확장하려는 몸짓을 보여준다. 내면의 일탈을 통하여 지평선과 수평선 너머의 세계를 향해 떠나는 자의 발걸음이다. 하늘로 가는 길에 아낌없이 육신을 내어주는 사후가 더없이 숭고하다고 말하며 끊임없이 수행하는 자의 태도를 추구한다. 그의 시는 끊임없이 움직이며 끊임없이 벗어난다. 역동적이다. 많은 것들이 지나가고 많은 것들이 다가온다. 많은 것들을 고민하는 동시에 많은 것들을 털어낸다. 많은 것들로 채우는가 하면 많은 것들을 비워 내려고 애를 쓴다. 진중한 삶의 자세를 견지한다. 자주자주 '웃음 코드'가 발동한다. 그의 시편들이 항상 무겁고 심각한 분위기만을 연출하지 않는다. 몸에 맞지 않는 드레스를 입고 굽 높은 하이힐을 신고 뒤뚱뒤뚱 쫓아가

는 코끼리 모습으로 우리를 미소 짓게 한다. 소녀다운 감
성과 순진무구와 발랄함을 마음껏 발휘하고 있어 시를 읽
는 재미가 그야말로 쏠쏠하다.

작가마을 시인선 68
조바심을 수선하다
ⓒ 2024 이소정

초판인쇄 | 2024년 10월 10일
초판발행 | 2024년 10월 15일

지 은 이 | 이소정
펴 낸 이 | 배재경
펴 낸 곳 | 도서출판 작가마을
등   록 | 제 2002-000012호
주   소 | 부산광역시 중구 대청로141번길 3, 501호(중앙동, 다온빌딩)
　　　　　서울시 도봉구 도당로 82(방학1동, 방학사진관 3층)
　　　　　T. 051)248-4145, 2598 F. 051)248-0723 E. seepoet@hanmail.net

ISBN 979-11-5606-266-0 03810   정가 10,000원

※ 본 도서는 2024년 부산광역시, 부산문화재단 '부산문화예술지원사업'으로 지원을 받았습니다.